공동시집

반추하다

2017 장애인 창작집 발간지원 사업 선정 작품집

반추하다

1쇄 발행일 | 2017년 12월 28일

지은이 | **김준엽** 외
펴낸이 | **정화숙**
펴낸곳 | **개미**

출판등록 | 제313 - 2001 - 61호 1992. 2. 18
주소 | (04175) 서울시 마포구 마포대로 12, B-127호(마포동, 한신빌딩)
전화 | (02)704 - 2546
팩스 | (02)714 - 2365
E-mail | lily12140@hanmail.net

ⓒ 김준엽 외, 2017
ISBN 978 - 89 - 94459 - 88 - 2 03810

값 10,000원

주최 | 대한민국 장애인 창작집필실
주관 | 장애인인식개선오늘(고유번호 305-80-25363. 대표 박재홍)
심사 | 발간지원 사업 심사위원회
후원 | 대전광역시, 대전문화재단, 갤러리예향 좋은친구들, 대전광역시버스운
송사업조합, 드림장애인인권센터, (주)맥키스컴퍼니, 계간 문학마당,
(주)삼진정밀, 대한민국창작집필실, 한국복제전송저작권협회, 한국장
애인문화네트워크

문의 | (042)826-6042

공동시집

반추하다

김준엽 외

개미

　사류(四流)란 대체로 문장 밖에서 사실을 이끌어와 그 비슷한 뜻으로 옛 일을 인용하여 지금의 일을 인증하는 것이라고 '문심조룡사류'에서 말하고 있습니다. 2017년 현재는 2010년~2017년을 반추하고 있습니다.

　2014~2017년 상반기 재)한국출판문화산업진흥원에서 주최 주관하는 세종도서문학나눔에 그동안 전문예술단체 〈장애인인식개선오늘〉에서 지원한 작가들이 출간한 시집 총 여섯 권이 선정되었습니다.

　총 43종 51,000권의 책과 127명의 작가를 배출했습니다. 또 이들의 시편 중에서 빼어난 작품을 골라 2016년~17년 현재 30편이 넘는 작품을 8명의 전문작곡가들에게 의뢰해 제작하였습니다. 이미 제작된 작품 중 초연, 재연이 된 것도 있습니다.

그에 따른 칭찬으로 2015년 한국장애인문화예술대상 문학부문에 문화체육관광부 장관 표창을 받았고, 2016년 재)예술경영지원센터에서 우수법인단체로 인증을 받았습니다. 뿐만 아니라 대전광역시 문화예술진흥조례에 전문예술법인단체 보조금지원 근거법에 장애인예술단체도 삽입하였습니다. '장애인'과 '문화'의 이원화된 편견을 일원화시킨 노력이 결실을 보았고, 장애인단체인 장애인인식개선오늘로부터 출발한 장애인창작활동지원사업이 대전문화재단의 공모사업으로 편입되었습니다. 이는 민간단체가 사업을 공공의 기능성 사업으로 편입된 좋은 사례가 될 것입니다.

지자체와 민간단체와의 사회적 함의를 통한 제도적 지원과 단체의 노력을 통한 결실이 전국에 최초의 모범적 사례로 알려지게 되었습니다. 올해도 마찬가지로 운영비 없이 보조금으로 진행하는 힘든 고행을 견디고 1권의 수필과 2권의 시집 그동안 우수도서로 선정된 작가와 참여작가 중 좋은 작품을 보내온 공동시집까지 총 4종의 책 4,000권을 발간하게 되었습니다.

이와 같은 노력으로 내년에는 전국의 장애인 예술인들을 초대하여 '소통의 계기'를 마련하는 전국장애인창작활동 발표 및 향유의 사회적 함의를 이끌어낸 원년으로 삼고자 매진하고 있습니다. 이미 대전광역시의 이러한 노력은 '장애인문화운동의 허브'로 브랜드화가 진행된 '콘텐츠의 산실'로 주목받고 있습니다.

이에 2017년 선정작가 및 참여작가 한 분 한 분의 옥고가 소중했습니다. 뿐만 아니라 많은 이사들, 운영위원들, 박지영 사무처장을 비롯해 홍보이사들 그리고 단국대학교 박덕규 교수님, 개미출판사 정화숙 대표와 최대순 시인께 진심으로 감사드립니다.

늘 도전하며 겸손한 삶으로 견디며 목적지까지 갈 수 있도록 후원해 주신 기업과 관심을 가져준 많은 기업 대표들께 진심으로 감사드립니다.

2017년 12월
장애인인식개선 오늘
대표 박재홍

공동시집
반추하다
차례

사랑하는 이여 내가 떠나가거든 외9

김준엽

내가 이 세상에서 떠나가거든 사랑하는 이여
눈물을 흘리지 마시고 웃음 진 눈으로
나를 떠나보내 주십시오

내가 없다 하여 살아 있는 이여
날 위해 슬픈 노래를 부르지 마시고
당신을 위해 밝은 노래를
부르면서 즐겁게 춤을 추십시오

내 머리맡에 큰 나무를 심지 마세요
큰 나무를 심으면 음지가 되고 장막이 되니
내 위에 푸른 잔디만 심어 주세요

그래야 비가 오면 비 맞고 이슬이 내리면 이슬에 젖고
햇살이 비치면 햇살을 안을 수 있습니다

가슴속에 남아 있는 내 그림자를 떨쳐 버리시고
가벼운 마음이 되어 당신의 꿈을 찾아오는

별을 양손 벌려 반갑게 맞이하십시오

그리고 당신 마음이 내키시면 나를 기억해 주셔요
그것만으로도 전 행복합니다

작은 별 꿈

넓은 밤하늘에 작은 별 하나가
빛나고 있습니다

누가 쳐다보던가 아니 쳐다보던가 상관하지 아니하고
그저 묵묵히 자기 빛을 내고 있을 뿐입니다

큰 별빛에 가려져 자기 빛이 아니 보여도
작은 별은 그 누구를 원망하지 아니하고
자기가 가진 빛만으로
빛을 낼 뿐입니다

작은 별은 큰 별 보고 큰 꿈을 가지게 됩니다
자기도 세월이 흐르고 흘러서 천년만년 지나면 큰 별
이 되고
큰 빛이 될 수 있다는 꿈과 희망으로
세월의 아픈 눈물 참고 있습니다

작은 별은 넓고 넓은 은하수 바다를 보며

넓은 가슴 가집니다 자기도 세월이 흐르고 흘러가면
모든 것을 포용할 수 있는
은하수 바다가 될 수 있다는 생각에
넓은 가슴 가집니다

포도청 같은 목구멍들

포도청 같은 목구멍들을 풀칠하려고 쉴 새 없이
노동하다가 하루의 해가 저물면
지친 몸으로 버스 차창에 의지한 채
고개 숙이고 버스 바닥을 응시하는
그대 모습을 우연히
보게 되었습니다

윗 사람들에게 미움 받고
아랫 사람들에게 멸시를 받아도
포도청 같은 목구멍들을 생각하여
울분과 분노를 속으로 삼키며
일을 묵묵히 하지만
그대의 가슴속에는
피 같은 눈물 흐르고 있겠지요

작은 성냥을 열고 들어가
성냥 알들이 불씨를 달라고 하면
한낮에 미움 받고 멸시받으면서

모으고 모아 둔 불씨를
낡은 호주머니에서 꺼내어
하나의 불씨도 안 남겨 둔 채
다 주고선 자신은 추위에
몸을 떨었습니다

보릿고개 자식

나 어릴 적 시절에 하늘만 보고 농사짓던 때라
보릿고개라는 고개가 있었지 밥 먹기보다 굶기를 밥
먹기 하던
시절에 우리네들 아버님께서 그것을 안 먹이려고
하루에 벼 반 되 준다 하여도 신이 나서 한걸음에 갔었지

일하시다 몸이 아파도 그 일 그만두지 못하시고
일하시다가 몸저 눕게 되었지
아픈 몸에 어린 자식 때문에 약 한 첩도 못 먹었지
그러다가 몸에 장애를 입었지

장애 입은 남편을 돕기 위하여
우리네들 어머니는 한 푼 벌려고 머리에
자신의 몸무게보다 더 나가는
봇짐을 이고 하루 종일 걸음품을 팔았지

해가 서산마루에 넘어가면
어린 자식 굶을세라 그 봇짐 이고

한걸음에 집으로 오셔서
지친 모습 감추고 저녁 지었었지

어린 자식들은 그것도 모르고
저녁밥 빨리 안 준다고
때를 써서 어머님 눈에 눈물 고이게 했지
피곤한 몸에 밤에는
개구쟁이 자식들 옷 꿰매느라
잠 못 들고 새벽에야 잠을 잤었지

뜨거운 심장이 뛰고 있네

내가 쉬운 말로 그대에게 이야기하면
그대는 어려운 말로 나에게 이야기를 하니
그 말 뜻을 몰라서 다시 물으면 그대는
나에게 핀잔을 줍니다

내가 뜨겁게 살아온 삶을 그대에게 주려고 하는데
그대는 차가운 눈빛으로 나를 보다가 그 고개를
돌릴 뿐입니다

그대가 나에게 하는 말은 있는데
왜 나는 그대 말을 알아듣지 못할까요
그대는 외국말 쓰는 파란 눈 금발도 아닌데
내 앞에서는 늘 우리말과 보통 여인으로 서 있는데

그대는 뜨거운 심장이 뛰고 따스한 사랑의
감정을 가지고 있는 여인인데,
내 앞에선 늘 차디찬 로봇이
되어 서 있네

그대는 아름다운 눈빛을 가지고 있지만
내 마음의 빛깔을 아쉽게도 못 보네

그대는 그 누구에게도 뒤지지 않는 미모를
가지고 있지만 내 뜨거운 사랑을
아쉽게도 못 느끼네

내 인생에 황혼이 들면

내 인생에 황혼이 들면
나는 나에게 많은 날들을 지내오면서
사람들을 사랑했느냐고 물어보겠지요
그러면 그때 가벼운 마음으로
사람들을 사랑했다고
말할 수 있도록
나는 지금 많은 이들을
사랑해야겠습니다

내 인생에 황혼이 들면
나는 나에게 많은 날들을 지내오면서
열심히 살았느냐고 물어보겠지요
그러면 그때 자신 있게
열심히 살았다고
말할 수 있도록
나는 지금 하루하루를
최선을 다하여 살아가겠습니다

내 인생에 황혼이 들면
나는 나에게 많은 날들을 지내오면서
사람들에게 상처를 준 일이 없느냐고
물어보겠지요
그러면 그때 얼른 대답하기 위해
지금 나는 사람들에게 상처 주는
말과 행동을 하지 않아야겠습니다

내 인생에 황혼이 들면
나는 나에게 많은 날들을 지내오면서
삶이 아름다웠느냐고
물어 보겠지요
그러면 그때 나는 기쁘게 대답하기 위해
지금 내 삶의 날들을 기쁨으로
아름답게 가꾸어 가겠습니다

내 인생에 황혼이 들면
나는 가족에게 많은 날들을 지내오면서
부끄러움이 없느냐고
나에게 물어보겠지요
그러면 그때 반갑게 대답하기 위해
나는 지금 가족의 좋은 일원이 되도록
내 할 일을 다 하면서

가족을 사랑하고 부모님께 순종하겠습니다

내 인생에 황혼이 들면
나는 나에게 많은 날들을 지내오면서
이웃과 사회와 국가를 위해 무엇을
했느냐고 물어 보겠지요
그러면 그때 나는 힘주어 대답하기 위해
지금 이웃에 관심을 가지고 좋은 사회인으로 살아가겠
습니다

내 인생에 황혼이 들면
나는 내 마음밭에서
어떤 열매를 얼마만큼 맺었느냐고 물어보겠지요
그러면 그때 자랑스럽게 대답하기 위해
지금 나는 내 마음밭에 좋은
생각의 씨를 뿌려 좋은 말과 좋은
행동의 열매를 부지런히 키워야겠습니다

윗집 누님

검정 몽땅 치마에 흰 저고리를 입어도
얼마나 곱던지 마을 형들이 모두
그 누님에게 넋이 나갔다

다들 그 누님에게 가까이 다가 갈 수가 없는데
연민을 느꼈는지 그 누님이 나를 찾아와서 놀아 주고
친동생보다 더 예뻐해 주었다

그 소문을 마을 형들이 들었는지 한 번도 놀러 오지도 않던
형들이 매일 나하고 놀아 주었고 형들이
나에게 잘 보이려고 애를 썼다

그 행복했던 나날의 막이 내리는 날이 오고야 말았다
그 누님이 멀리 멀리 시집간다고 했다

그 누님이 시집가는 날 나에게 와서 두 손 꼭 잡으며
그 누님이 아끼고 아끼던 목걸이를 내 목에 걸어 주시고

두 눈에 눈물 흘리면서 떠나갔습니다

그때 눈물 뜻을 몰랐습니다
그때 목걸이 뜻을 몰랐습니다
시간이 흘릴수록
그 눈물의 뜻을 알았습니다
그 목걸이의 뜻을 알았습니다

석굴암

화를 내고 찡그리던 얼굴은
은은히 미소 짓는
당신의 얼굴 보니
미소 짓는 얼굴로 변합니다

당신의 미소를 보니
산란한 정신은 사라지고
올바른 정신으로
자리 잡습니다

당신 몸에서 은은히 풍겨 오는
온화한 가슴에
괴로워하던 이 중생의
가슴은 푸른 하늘이 되고
높고 푸른 하늘에
새들이 평화롭게 춤을 춥니다

당신의 젖에서 흘러나온

젖을 한 모금 마시니
저 사바세계에서
물든 검은 마음 내려가고
희고 흰 마음이 되었습니다

돌의 애원

그 자리에서 움직일 수 없어서
사랑하는 이의 눈앞을 가리는 이유는
내가 나를 움직일 수 없는
생명체이기에
어쩔 수 없이 가로막고 있소

사랑하는 이여
나를 부수어
흰 모래알 만들어
백사장에 뿌려 주시고
넓은 세상 보여 주십시오

내가 길을 가로막고 있는 이유는
내가 본의 아니게
세찬 비바람에 굴러 떨어져
어쩔 수 없이 가로막고 있소

사랑하는 이여

나를 부수어
보이지 않는 먼지로 만들어
바람에 실어 세상을 떠돌게 해 주시고
밝은 세상을 향해
길을 떠나게 해 주십시오

사람이 그리워

사람이 그리워 사람이 그리워
툇마루에 앉아 오가는 사람들
바라보고 있건만,

누구 하나 나를 바라보는 사람은 없고
길 잃은 개만 바라보네

지나가는 사람 중에 아는 사람이 있어
불러보나 모른 체하면서
지나가고 철모르는 아이만
대답을 해주네

저 많은 사람 중에 나한테 눈길 한 번 주는
사람이 없나 저 많은 사람 중에
나한테 말 한 마디 걸어주는
사람이 없나

사람이여 제발 눈길 한 번

줄 수 없나요 말 한 마디 걸어주소
내 다리가 원수로다
내 다리가 원수로다

도마시장 41 외4
— 발화점

박재홍

시작하는 사람을 보셔요
신발 끈을 고쳐 매고 시선을 고정시킵니다
누군가를 향한 마음의 시작이
선혈처럼 맺힐려면
고추 매어야 합니다 다잡고 또 확인해야 합니다
아침에 산을 오르는 사람을 보세요
연장을 거꾸로 들고
더 깊숙하게 더 단단하게
자신의 몸속에 파묻히도록
자신의 마지막을 두드립니다
오늘
누군가를 사랑하는
마음이 생기거든
당신은 어떻게 하시겠습니까
시장 앞에서

도마시장 51
― 라흐마니노프 피아노 협주곡 3번

겨울 강 위로 얼비치는 황금 심장 같은
라흐마니노프 피아노 협주곡 3번을 사랑해
해질녘 산 위에 멈춘 노을은
우정의 선물 같은 것
벽에 기댄 머리 위로 봄볕은
작은 눈물 한소쿰 내리고
안개 자욱한 강가를 거닐은 발자국은
두어 개 어둠 속으로 사라지는데
그어진 시간 속의 금은 이미
시작이 아닌 끝이다
모습을 감추는 산정의 그늘이 강에 이를 즈음을 기해
부를 수 있는 한 사람이 있다면
백초술 한 잔 건네고,
그의 상처받은 영혼을 향해
어성초를 달인 차 한잔을 나눌 수 있다면
이밤에 뜨는 달이며 별은 강속일까
천공일까 혹은 풍경처럼 울려나
혹, 꽃비 내린 담벼락

아래, 이른 봄비에
토란잎으로 가리는 빗물같은
선율이 흔들리는 오늘

도마시장 60

기다려요 한밭벌에 불편한 게 바로 보이는 날
살면서 살면서 설운 사람들 가슴이 나누어지고
더듬는 손길에 느릿한 여운의 농악같이 진부한 안단테
조금씩 낮은 둔덕에 피는 쑥부쟁이처럼
힘없는 시장 사람들을 웃겨주는 권위
달뜨면 둔봉샘 달큰한 약수를 한 바가지 건네주는
인심을 잘 키워줄 수 있는
가슴 따뜻한 사람들의 얘기를,
키 크지 않아도 되요 운동 잘하지 않아도 되구요
귀 크게 열고 말 적게 하고
약속 쉽게 안하고 얄팍한 수 안쓰고
아사달 아사녀처럼 만나고 헤어지는 게
애절하지 않아도 되요
지친 인심에 막걸리 한잔 건네고
봄 산의 기운처럼 어쩌지 못하는 젊은이들에게
들려줄 이야기 많은 사람을
이봄 지나고 여름 가을 지나고
동지 지나 새로운 봄을 맞이하는 그날에

참은 입술을 열고 말할래요
사랑한다고 진정 당신을 좋아했다고 아니
앞으로도 지치지 말고 난전의 접을
잊지 말라고 도마시장 지나 갈마동
이르를 쯤을 기해
물 한 바가지 쏟아지네요

도마시장 73

카메라가 보이지 않는다 아직 새벽 4시
골목마다 지나친 바퀴 자국은
지워질 것이다 그 위에 다음날의 그
자국이 덧칠 될 테니까 그리움은 늘 덧칠된다
굽힌 허리를 펼 때마다 진눈깨비가 내리고
고추서는 고갯짓에 먼 바다가
멀미를 하는데, 채
다섯 시를 넘지 못하는 괘종시계는
두부장사의 새벽 배달시간에
소스라치게 놀라며 우는데
어디선가 분신소식이 들리고,
흩날리는 신문쪼가리는
누군가의 허름한 추위를 덮을 것이다
사랑은 그 자리에 민들레처럼
홀씨가 되어 퍼지고
누군가의 무덤에 포자처럼 앉아
쓰린 상처를 핥듯이
공중을 걸어올라 풍경을 달 것이다

나의 죽음을 잊지 말라고
누군가의 이름을 기억하기 위해
소금이 된 것 뿐이니,
개념치 말라고

도마시장 90

허공이 번지고 있어요 수채화 같은 이야기가 깃들어
조금은 길을 걷는데 눈물이 나요
어미의 이야기가 그렇고 아비의 사연이 그러했듯이
누군가 마지막 남은 시간을 같이 살자고
부탁받은 적이 있는 사람의 이야기는
조금은 한적한 대숲을 걷듯하고,

아플 때마다 풀잎처럼 빗방울에 몸을 일으키는
무거운 사랑을 잊지 못하고
마른 억새처럼 사는 사내의 가슴에
냉이 꽃다지가 되는 날은 언제일까요

오늘 나는 허접한 하루를
누군가를 위해 목숨처럼 접으며
건넬 사랑가를 부르고 싶은 것은
자진모리, 봇물처럼 흐르는
마음 한 켠에 살아갈 날에 꾹꾹 눌러 쓴
묵시록 같은 것,

그것이 바로 도마시장

천덕꾸러기 사랑 외9

정상석

타오르던
사랑이
식어 버리면
무슨 소용인가

나는 그저 먹이를
구걸해야 하는
한 마리 배고픈 짐승인 것을

저기 저 하늘에 구름도
나의 이야기를 들었는지
마지막 여행을 떠나려 하는데

영원히 너만을 그리면서
살아야 하는
나는 지금 천덕꾸러기가 되었구나

꿈꾸는 소년

아무것도 원하지 않은 채
꿈속에서
노래하는 소년아

너의 눈에 비친
잿빛 세상은
너무나 내게는 안타까운데

맑은 눈빛을 가진
꿈속에 소년아
너는 지금
그 어디에서 무얼 하고 있는가?

어젯밤 깊은 꿈속에 슬픈 소녀야

얼어붙은 강물 위로
새하얀 겨울새는
아픈 마음 추스르며
긴 행복을 찾아 날아가고

님이 그리워 님이 그리워
하나뿐인 내 사랑 너는
영원히 식을 줄 모르는
나의 체온을 끌어안고
힘없이 흘러가는
저 하늘의 높새구름 되었구나

언제나처럼 적막이 흐르는
스산한 이곳 강가에는
구슬프게 시를 읊는
옛 시인의 목소리만이 청아한데

지난날의 모질고 질긴 인연으로

병든 가슴을 갖게 되어버린
어젯밤 깊은 꿈속에 슬픈 소녀야

너는 아직 홀로된다는 것이 뭔지
그리워해야 한다는 것이 뭔지
알지 못해서 겨울새가 날아가는
먼 하늘을 바라보며 야속하다 소리치나보다

아침해가 밝아오면

짙은 설음 헤치고
아침해가 밝아오면

어둠이 가시지 않은
새벽하늘에 성단은
서산 너머로 사라지고

나를 보려 오지 않는
우리 님 기다리다가

저 삭풍이 불어오는
작은 창가에 앉아
말없이 떠가는
구름만 바라본다

어느 가을 아침

삶에 지쳐 가난에 지쳐
잠이든 어린 새야

불어오는 가을바람이
너이길 바랬는데

어느 가을 아침 힘겹게
창문을 열어보니

나의 빈 가슴처럼
저 창밖에 쓸쓸한
나뭇가지가
그리움에 옷을 벗는다

먼 훗날

내가
보내야 할 사람
못 잊을
그리움으로 가게하고

내가
사랑했던 사람
와인
한 잔의 추억으로 남게 하자

나의 작은 창가에
외로운 꽃잎이
떨어지더라도 어디선가 불어오는
차가운 바람을 애써 외면하지 말자

먼 훗날, 떠나버린
그 사람이 나의 곁으로
돌아올 때

내 어이 그리웠다고 말하지 않겠는가

시인에게

아무도 당신 곁에
머물 수 없다면
당신이 쓰고 싶었던
아름다운 시를 쓰세요

그래도 당신에게 하고 싶은
말이 남았다면
사랑하는 별과
사랑하는 사람들과 함께 하세요

설령 사랑하는 사람들이
당신이 싫다고 말한다면
오오, 그대여
그때는
나의 곁에서 잠시 쉬다가 가세요

구름 나그네

흘러가는
구름처럼
나그네가 되어

떠나는 길에
어여쁜
꽃 한 송이 피어 있을까

그립다 하지 마오
서럽다 하지 마오

나느냐
진정한 사랑이 그리워
바람 타고 떠나는
슬픈 그림 속에 구름 나그네

망부가

새벽에 떠난 사람
밤이 되도
돌아오지 않고

저 남겨진
여인의 슬픈 노래인가
끝없이 흐르는
가을밤의 적막만이 처량한데

망부의 한을 품고 노래하는
저 가엾은 여인을 어이하리

창밖에 마지막 남은
어여쁜 꽃잎도
불어오는 차디찬 바람에
쓸쓸하게 떨어졌는데

강가에 뜨는 보름달을 보며

하루해가 저가는 저녁 무렵
강가에 뜨는 보름달을 보며
나는 스산한 기운에
술에 취한 밤하늘을 바라본다

조용히 내 뺨 위에 흘러내린
저 무정한 달빛의 눈물은
애잔한 사랑의 혼불 되어
검푸른 강물 위를 스쳐 가는데

영원의 계절이 지나가 버린
달빛 아래 외로운 강가에서
들려오는 노랫소리에 맞춰
바람에 흔들리는
촛불처럼
나를 위해 네가 춤추고 있다

물 위에 선 나무 외4

박지영

반드시 정해져 있는 건 아니다 규정되지 않은 오늘의
위치
어디서든 살아 있다면 그곳이 이유가 되기를
차가운 바람을 안아 두르며
잔잔한 온기로
속삭여 준 그대의 詩
물밑 긴 뿌리를 곱게 뉘여
온전히 떠 있는 단단한 몸으로
새벽 밀림의 원숭이처럼
눈 그렁거리지 말고 웃으라
자유는 모든 게 서툴다
떠난 어미를 향해 자꾸만 돌아보는 나를 향해
부지런히 흔들어 당부하는 마른손
괭이 박힌 그 손

통증, 너를 기억하는 신호

오래된 묵언을 감아 나서는 길
하늘에 닿은 눈물
얼음점으로 허공을 날아다니고
헐렁한 외투 붉은 목도리

시간을 넘는데 더딘 몸,
살아야 하는 이유는 수백 가지

온몸을 할퀴고 지나간다
자주 묻지 못한 안부
심장에 박힌 가시 하나
반가운 통증으로 되오는

쉼에 대한 이해

마음이 마음을 향해
웃 는 다
심장으로 흐르는
시선의 마중
다리되어 건너는
시간여행
봄날 꽃들 바람춤 추고
고목의 새순이 햇살에 머리를 감는
오후 네 시
큰 세월이 부르는
금산 신정리 어귀에서
먼저 떠난 자식에게
흥얼흥얼 노래를 들려주는 어미

불안한 달리기로 아픈 어깨
선 채로 졸던 긴 피로를 내려
스르르 잠드는 노랫가락
여린 잎들 부지런히 손부채 사래로

더 자라 더 자라
눈을 감기던 깨금미소

금산 신정리 어귀
긴 낮잠
쉼으로 숨 쉬다

섬진강

오랜 기억 속 나루터 살던 바람
취한 듯 불콰한 노을
산으로 들어가는 해를 막아야
비로소
털어 놓은 이야기

하오의 햇살에 녹던 고드름
고향 용머리기와에 기대어 부르던
낮은 노래들 기억의 두드러기
저린 걸음되어 번지는 유년의 사랑

묻지 마라 당신
이미 알고 있었지
강으로 흐르는 물빛
두 눈 가득 하늘을 담았지

꿈꾸는 어깨, 고단한 이마를 기대던 날

눈 감아,
서둘던 기억이
꿈길,
온전하게
피어나는
향긋한 두 볼

손길이 반갑고
떨리는 눈망울,
아롱 번지다

새벽이 날아오르고
달빛 지우는
이별, 아쉬운

외출 외9

김운용

힘든 마음 혼란하다 전동휠체어 운전해 집을 나서서
온 강둑 위로 바람이 분다

덧없이 흘러가는 것인데 왜 내려놓지 못하나 아무런
생각 없이 강둑 달린다

다시 돌아갈 길을 더듬는 중에 안 그래도 될 것을 하고
알게 되었다

노을 진 강가에서

저녁 하늘 붉게 물들이고 저편에 기찻길
서울 가는 열차 마주보며 달린다

몰아치는 바람 말이 필요 없다 속도는
황홀 그 자체 휠체어가 휘청하며 시선을 놓쳤다
늘 그랬듯이 사랑이 나를 스쳐간다

누이 1

수도자로 잘 살고 있는 것으로
알고 지내왔어요

치열하게 살았던 삶이라
누이 소식 몰랐던 무심한 나

뜻밖에 알게 된 소식이 계절 같다

3년 전 환속하여 건강이 너무
안 좋다는 소식에

미안해요 누이 진작 신경을 써야 했는데
나도 힘들게 살아왔어요

어디쯤인지 늘 기도 중에 기억 속에 머문 누이
보고 싶어요

금호강가에서 1

하늘이 흐린 날 바람 불어옵니다

잔잔하게 흘러가는 물처럼 한 손
힘겹게 매달린 달달한 커피 한 잔

바람에 흘러 날리는 머리카락에
그냥 좋습니다

아침 풍경2

쌀쌀해지는 날이 갑자기 감미로운
음악이 햇살처럼 찾아왔다

조금 지탱할 여유가 그 뒤를 이어오고
평온한 이 시간

이런 감정을 시로 써 내려간다

노을

지상철을 타고 집으로 가는 길

하늘은 노을이 덮고 붉게
물이 들어간다

멍하게 바라보다가 왠지 마음 쓸쓸한 기분은
인생도 노을처럼 서서히 지는 것 같아서

젖어든다

여름날 오후

푸른 초록빛 그리고 햇살들 마음은 시원한 바닷가에 있다

이 도시에서 살아간다는 것은 거대함에 대한 순응

바위 하나를 드는 것 같다

수급자로 산다는 것

어렵다 80십만 원으로 한 달을 사는데

최소한 삶을 지탱하는 지겟작대기

언제 비탈 아래로 넘어질지 모르는 수급권

언젠가는 탈락될지 모르는 불안을 안고

주는 대로 살아간다 매일 잔고를 보며

살고 싶다, 미치도록

귀가

무겁다 어깨가 하루의 무게 한숨만 나오는 현실의 중량감
어둠에 하늘은 보이지 않는다

지친 몸 힘든 마음의 한 켠
건조하게 말라 변해버린 시가 있다

내일이란 없다 들어가서 쉬고 싶다 걱정, 근심 모두
내려놓고 달맞이꽃처럼

나그네

가을 길가에 떨어지는 나뭇잎처럼
처량하기만 하다

어디로 가야 하나?

쓸쓸한 마음 바람처럼 흘러간다

갈 데 없는 바로 나인데
쓸쓸한 길 홀로 걷는다

길상사의 봄 외10

최부암

고요한 산사에
스치는 바람이
못내 역겨워
속살 같은 벚꽃은
꽃비 되어 쏟아지던 날

계피 향 짙은 대추차 한 잔으로
가슴을 데우니
정다웠던 사람은 간곳없고
흘러버린 아련한 기억은
신록의 연둣빛 파스텔

꽃잎 편지로
사연을 가득히 적어
저 하늘에 띄우면

내일쯤
그대 곁에

향기로 다가갈까?

봄 떠난 자리

꽃비가 쏟아진 자리에
봄도 떠나려 일어설 무렵
앵두꽃 발그레 수줍어 하니
봄은 다시 주저앉아 버렸다

선홍빛 철쭉은 금방이라도 터질 듯
어린 누이 가슴처럼 솟아오르고
연보라 제비꽃 수줍게 피어나던 날

가녀린 꽃마리 햇살 머금고 팔랑이니
샛빨간 명자꽃 해낙낙 수줍게 웃는데
봄 마중 지친 붉은 동백은 꽃잎 뚝뚝 떨구고

더 머물 수 없다고 자리 툭툭 털고 일어선 봄날
벚꽃은 봄바람에 애원하듯 꽃비로 하소연하니
밤새운 빈 의자는 하얗게 빛난다

성하의 계절

밤새운 천둥과 폭우에 씻겨간
세상의 민낯이 예쁘게 빛난다
새파란 이파리 무성한 강가에
아이들 물놀이 하루가 저물고
개울가 개구리 밤새워 우는데
설친 밤 옛 생각 냇물에 띄우면
외나무다리에 맴돌다 맴돌다가
흐르고 흘러서 어디로 갈꺼나
성하의 계절에 그리운 옛 생각

궁평항 십오야

달빛 교교히 흐르는 궁평항

이슬 젖은 낚싯대를 비켜 앉으니
비린내 가득한 선착장도 잠들었다
세상 모두가 고요히 잠들고 말았다

십오야 둥근 달 파도에 흩어지니
월광에 취해 은하수에 빠진 여명
소스라쳐 벌떡 일어나 긴 하품하는 새벽

깊은 심연에 빠진 칠흑 같은 세상으로
어둠 박차고 히벌떡 일어서는 태양

늙은 아비 실은 통통배
숨 가쁜 기침을 토하며
수평선 너머 아득히 멀어져 가고

붉은 해가 여명을 태우니

세상은 더 빨갛게 밝아 오른다
장엄한 하루가 시작된다

여행자의 하루

길 떠나 멈춘 바닷가
미지의 세상은
낯설음으로 가득한 설레임

철썩이는 파도
반짝이는 돌멩이
은빛 모래밭
눈 시린 햇살
푸른 하늘의 뭉게구름
파란 바닷가의 수평선
바닷속으로 쏟아지는 별빛 은하수
그 어느 하나
설렘 없이 만날 수 없는
드넓은 세상
노을이 붉다
하늘이 탄다 하루가 진다
오늘 하루가 또 저물어간다
길 떠나는 방랑자의 외로움보다

하루를 떠나보내는 외로움을 아는 자만이
정말 외로움을 안다

오늘 하루도 잘 살았느냐고
오늘 하루도 얼마나 외로웠느냐고
내게 묻는 그 하루가
서쪽 하늘에서 붉게 웃는다

대진항

붉은 등대 우뚝 선 대진항
햇살은 중천인데
인적조차 없다

아니, 인적이 없는 게 아니라
첫 새벽 만선을 꿈꾸고 떠난
통통배의 기다림만 있는 게다

뱃고동 잠든 지금은
대박을 꿈꾸다 지친
시름의 시간이다

머리가 하얗게 센 늙은 청년들이
방파제에서 거친 함성으로 낚아 올린
삶의 비늘이 펄쩍 튀어 오른다

어촌에 늙은이는 없다
머리가 하얗게 센

주름 깊은 청년뿐이다

대진항은 싱싱히 살아 있었다

청풍명월 찻집에서

제천과 청풍을 잇는 산골에
햇살이 눈 시리다
마른풀 앙상한 나목 사이
굽이굽이 도는 시오 리 길
계곡은 수려하고 하늘도 푸르러
햇살은 저리도 좋은데
청풍명월 맑은 물
푸르게 흐르고 흘러서 어디로 갈까

돌아눕는 계곡 시선 끝닿은 골짜기에
창 넓은 빈 찻집
마른꽃 널린 카페에 앉아
한 잔의 차로 마음을 녹이니
인걸은 간데없고
낡은 스피커에 애설픈 옛 노래
가슴 깊이 잠들었던 그리움이 깨어나
정수리를 친다

개망초 연가

산과,
들에,
길섶에 함부로 피었다고
농심의 미움받아 이름마저 개망초

초근목피로 연명하던
배고픈 소작농의 진을 빼도록
피어났다던 웬수 같은 개망초

쓸모없이 피어난 망할 놈의 풀이라고
이름마저 개망초라구 불렀다지

나라를 잃었을 때
고향 그리워 망국초
보릿고개 때는 먹을 수 없어
망할 놈의 망초
이래 미움 사고, 저래 미움 사고
그래서 개망초

님 그리워 서러운 날이면
하늘 우러러 함께 울던 개망초

홀로 피고 지고
함께 피고 지고
세상에 얼크러져 피고 지고
세상에 버림받고도 피고 지는 개망초

솟대처럼 살으란다
— 의상대에서

마음에게 마음을 묻고
길에게서 길을 물어보았지만
그냥 마음에 담아두란다
그냥 길을 가란다

하늘에게 하늘을 물었더니
그냥 하늘만 보란다
밤에게 밤을 물었다니
그냥 어둠만 보란다

솟대처럼 살으란다
그냥 세상을 보란다
그냥 마음에 담으란다
그리고 마음의 그릇을 늘 비워 두란다

달빛 소나타

길 떠난 달은
어스름 하늘 멀리
푸른빛 여정을 떠나
중천에서 웃는데

내 손 가득
당귀 쥐어 주던
그날의 추억

아직도
당귀 향기 진하게
묻어나는 산 고을에
달빛 타고 흐르는
소나타 한 소절

별빛이 달빛인지
달빛이 그대인지
분간 없는 그리움이

어둠 타고 흐르는 빛줄기 하나

애태워 밤새우던 별빛도
졸음으로 가물가물
아롱질 할 때

마음은
너를 향한
길고 긴 질곡의 강 건너
조각배 띄운다

곰소항 포구

어둠이 내리는 작은 포구에
푸르른 황혼이 물들어 오면
갯마을 세상은 내일을 위해
피곤한 하루를 갈무리 한다

만선을 꿈꾸던 닻을 내려놓고
어부는 쇳덩이보다 무거운 육신을
막회 한 접시와 소주잔으로
노곤한 하루를 풀어 헤친다

삐들어진 풀치 덕장 비린내가
식욕의 향기로 내려앉을 무렵
가로등 불빛에 하루를 헤쳐놓고
헤벌쭉 안도의 긴 한숨을 토한다

오늘은 내일을 꿈꾼다

산행 외9

신현갑

겨우내 눈은 왔었던가 그렇지 봄날엔 유독 가뭄이 심
했었지 되물었다

처서가 지난 엊그제엔 또 비가 내렸고 세월은 무심히
나를 비껴 저만치 산 아래 회색도시에 세워놓고 빠르게
지나 아름드리 참나무 숲엔 햇살이 한줌한줌 흰싸리버섯
마냥 피어 흔들거리고 짧아진 여름만큼 숲 매미 울음도
잦아든 늦여름 첫 산행길

소복히 피어오른 싸리버섯 줄지어 반기고 흰가시광대
버섯에 털귀신그물버섯이며
아직 알지 못하는 수많은 버섯들 제 빛깔 뽐내며 꽃보
다 짧은 삶을 아쉽다 서로
다투는 듯 활짝 피어났다

이렇게 숲은 언제나 생명이 숨을 쉬며 또 한 계절을 앞
지르듯 품어냈는데

산을 향한 올해의 첫 몸을 타는 사내는 멈춰있던 시곗
바늘을
오늘에서야 제 시간으로 맞춰놓는다

산들바람에 이마에 맺힌 땀방울 식히려 걸터앉은 바위턱
발치 아래 며느리밥풀꽃도 홀로 앉은 이처럼 외롭다

우후죽순

땡볕 아래 예초기 돌려 깔끔하게 풀 베어냈더니 요 며
칠 쉬임없이 장대비
내린 까닭인가 산책로 배수 트랜치에선 죽순이 제 키를
두어 뼘이나 키웠다

한손에 들려진 전지가위 멈칫멈칫 망설여져 내려놓다

참으로 굳세고 강건하다 기는 듯이 넓게 펴진 강인한
뿌리 있었기에
플라스틱 배수관 틈새 비집어 결국엔 네 숨통을 틔우고
스스로 하늘 길을 내었구나 태극기 비에 젖어 숨죽은
광복절

네 파아란 깃대에 노오란 깃발 하나 걸어두어야겠다

물까치 이소

가라 너, 어서 가거라는 마음이라면 훠이훠이
어서 가거라 하는 것은 조급함이다

솜털 벗지 않은 여린 날개 푸득푸득 휘저어
아직은 날개깃 자라지 않아 날지 못하거든
병아리처럼 폴짝폴짝 뜀뛰어 어서 갔으면

가는 중에 새그물 피하고 속도 내는 차 조심하며
돌아보지 말고 가거라 알았지

길 나선 것이 어른 되는 길 모진 시절 이겨내고
멋진 어른 되거든 행여 이곳일랑은
쳐다보지도 말거라

겨우 한 뼘 둥지도 빼앗는 관리사무소란다
난생처음 새처럼 날고자 했던 너희에게
천라지망을 놓는 이들이 사는 곳이란다

또다시 내년 봄 송화꽃 향내 너희를 유혹해도 다시는 기웃거리지 말거라

물까치 유해조수(有害鳥獸)가 되었다

1

올해도 어김없이 물까치가 아파트의 키 큰 소나무 위에 여기저기 둥지를 틀었다

녀석들은 포란기일 때보다 부화 후 사람들을 더욱 경계하고 예민해지는 것 같다

새끼가 부화 후 어미는 둥지 주위를 지나는 사람들 특히 여자나 어린아이들의 머리를 부리로 쪼아대며 공격하는데 그중에는 좀 더 극성스런 녀석도 있고 이로인해 매년 이 시기가 되면 관리사무소엔 민원이 끊이지 않는다

작년엔 둥지를 사람의 이동이 잦지 않는 곳으로 옮겨도 보고 살기 좋은 생태환경이라며 설득도 하며 길어야 2주일 함께 공존하며 삽시다 라고 에둘러치면서 본성대로 행동하는 물까치에게 해를 입히지는 않았는데 올해엔 새로 바뀐 여소장의 고집에 물까치가 수난을 당하게 되었다

2

계속되는 물까치의 시위로 인한 민원을 어떻게든 해결해야겠다며 소장은 결국 그렇게 유해조수(有害鳥獸) 포획 신고를 구청에 했다 오늘부터 녀석들은 아파트내의 불법 건축물이며 점유가 되어 범법자가 된 것이다

아파트 관리과장은 새그물을 사오랴 119에 새집 털기 신고하랴 나름 바쁘다
농을 주고받으며 오가는 이야기는 '구이'가 맛있을까 '튀김'이 좋을까 한다

조경 잘된 아파트 한켠 빌려 함께 살면서 유달리 모성 지극한 게 불협화음의 원인이라면 대화가 가능하지 않을까 하지만 물까치의 부화에서 이소까지 며칠
주민과 소장은 참기가 힘든 모양이다

작년과 올해 똑같은 상황의 연속성, 아직 분단의 나라처럼 익숙하지 않은가
자기 중심적 사고가 가져오는 또 다른 희생을 보고 있는 것이다
참으로 씁쓸한 하루다

배웅술

함 들이던 날 큰 절 올리며 인사 술 올린 게 엊그제 같
은데 허망한 마음 채우려 술잔에 술 가득 부어 배웅술 올
립니다 잘 가시라고,

가시는 길 잔 돌려주시지도 않고 말씀 없어 옛적 술상
앞에 앉아 미소 짓던 장인 모습 그려봅니다

장인은 지금껏 자식들 따뜻이 품어 데워주시던 아랫목
구들이셨던 모양입니다
새삼 장인의 말씀 한마디보다 온화한 미소와 사랑 가
득한 눈빛이
반추되는 건 장인이 제게 해주는 마지막 유지가 아닌
가 합니다 부디 안심하시고
영면하시어 좋은 곳으로 돌아가십시오

화살나무

골짜기를 비껴선 낮은 오름의 돌무덤엔 돌이끼가 피어
나고
화살나무가 뿌리를 내렸다

가지마다 맺힌 잎새 너무 순결해 차마 훑지를 못하였다

비석 없는 돌무덤 위로 뿌리내린 화살나무를 보면 무
엇을 지키려 했을까
무엇을 정복하고자 꿈꾸었을까 비 개인 오후의 봄날
눈부시게

화살나무는 또다시 깃을 세우고 시위를 당긴다

해직

그는 늘 충직했다 다른 이가 토하는 불평불만을 피해 언제나 슬그머니 자리를 뜨곤했다 월남전 참전을 자랑스러워했고 박근혜를 사랑했던 그늘 속의 충복이었다

관리소장 상전에게는 뒤로 욕지기 한마디도 감히 상상조차 못할 불충이며 자기 부정이었다 그런 그에게 갑자기 해직통보가 되었다

그가 한 최후의 몸부림은 짤리기 전 내가먼저 나가겠다는 자존심 표현 정도 그런 그이의 떠나는 뒷모습은 씁쓸한 미소만큼이나 참으로 쓸쓸하고 초라했다

나이 일흔 아직은 일할 수 있고 일해야 하는 몸이 경비실을 나서면 그가 가야 할 곳은 노인연금과 상이군인연금 몇 푼에 의존해야 하는 군인문화에 익숙한 그는 지금 어디 있을까

대전연가

　봄바람이 버들강아지 같다 살랑대듯 어울렁 더울렁이
는 갑천을 따라 오른 수락계곡 황새바위 앞 매화꽃은 하
얗거나 빨간 꽃망울을 벌써 터뜨렸는데

　구봉산 개구리봉 철 이른 두견화도 연분홍 꽃잎 활짝
벌려 제 까만 혀로
　봄볕을 핥는데 골짜기엔 애오라지 봄은 좀 더 기다려
야 하는 것인가

　2월의 끝날 어둡고 습한 골짜기 바위를 타고 앉은 빙
벽은 아직 쩡쩡하게도
　겨울바람을 버티고 섰구나 춘삼월이 오면 투다닥 고드
름 떨어지는 소리에
　쿠구궁 얼음기둥 무너지는 소리에 산노루 멧돼지도 돌
아오고
　조릿대 파아란 새순 피워 올리겠지

　그렇게 3월이 오면 골짜기에 보름달은 허공을 가로질

러 오르며 바람은
　산노루 멧돼지처럼 울음 울게야

시말서

요즘 분위기가 심상치 않다 했더니 난데없이 나이 어린 과장이 시말서를 들고 공갈을 친다 "회사 계속 다닐 거면 시말서 한 장 써요" 이게 무슨 황당한 소린가 했더니 왈 "기사님이 입주민들에게 뻣뻣하고 인사를 잘 안해서 모 동대표가 화가 났어요"

그~으래 사규에 단속적 근로자인 설비기사가 마주치는 입주민마다 꼭 인사하란 규정있냐? 공용시설 관리가 주 업무인 설비기사가 민원업무 나가서 AS맨처럼 서비스 고과 평점이라도 체크한 것 있냐 되물었더니 그냥 반성문조로 시말서 한 장 써주면 잘 무마시켜 보겠다며 하는 말 다시 들어보니 당신 하나 반성문 쓰면 아파트 관리재계약 앞두고 가뜩이나 불만 많은 동대표들 달래는데 관리사무소도 할 말 있고 톡 까놓고 찍힌 당신이 총대 매달라는 얘기 아닌가?

나는 근엄하게 앉아 양심의 자유를 침해하는 위법한 시말서(대법판례)에

사규에도 없는 인사 잘 안 한다는 이유의 시말서 강요
라 못 쓰겠다! 했더니

어린 과장 더 가관이다 "기사님 회사 그만둘꺼요?"

그래 한판 붙어 보자는 심산으로 안 그래도 몸은 근질
근질 머리는 녹슬어 삐걱거렸는데 이참에 네놈 덕에 몸
도 풀고 머리엔 기름칠 좀 해야겠다 가만, 생각해보니 아
직 옛 혈기는 남아 큰소리는 쳤는데 꼬인 실타래 풀려면
참 복잡하고 할 일이 많아질 것 같으다?

전형적인 입주자대표들의 갑(甲)질에 중심 없이 휘둘
리는 관리사무소장에 과장에 인사권자의 불법적 노무관
리까지 민노총에 상담받으러 먼저 가야 하나?

누구 구원 투수 없슈?

처갓집

장인어른 풍으로 누으신지 네 번째 겨울 양철 처마 위
로 토닥토닥
겨울비가 내리더니 어느새 녹슨 빗물받이는 댓돌 위로
빗물을 뚝뚝 떨군다

허리 굽은 장모님은 명절에나 한두 번 북적이는 비탈
집에
손님 맞이가 좋아 궁색한 사위놈 인사치레 귓전으로
흘리고
뻘쭘한 사위놈은 비 오는 겨울 저녁 홀로 마루에 앉아
후두둑 후두둑 양철 지붕 울음소리 장모님 가슴앓이
제 속앓이로 전해 들으며
녹슨 빗물받이 줄줄 새는 물줄기만
하염없이 바라본다

외손주들 떠난 내일 아침엔 마당에 물웅덩이 장모님
썰렁한 가슴처럼 얼어붙지나 않았으면 좋겠다

나비의 여행 외12

최미림

가는 길마다 살랑살랑
꽃잎에서 노는 나비

오늘은 어디로 멋진 나비들을
만나려 갈까?

기분 좋은 벌꿀을 먹으면서
여행지를 정하는 나비

아직 가보지 못한 곳이
많아서 설렘이 찾아 드네

날이 따뜻해질수록 더 맛있는 꿀을 찾아서

아름답게 날개를 펴는
나비 한 마리

춤추는 바닷가

창밖에서 바라보기만 해도
왠지 좋네

감미롭게 노래 부르는 파도 소리에 취해

천천히 춤추는 갈매기 가족 따라
나도 모르게 살며시 고개를 끄덕 거리는 던
어느 가을 바닷가 앞에서
새근새근 잠이 들었지

맛있다! 가을 향기

오랜만에 찾아온 고향 쉴 수 없이 듬직하게 자라고 있
는 벼

집으로 가까이 다가올수록 귓속을
신나게 하는 누렁이의 노랫소리로

반갑게 인사하는 코스모스 향기도
보글보글 부엌에서 음식하는 어머니

된장찌개 향이 오늘따라
더욱 맛있게 느낀 하루

포근한 봄 시간

언제 추운 바람이 갔는지 소리 없이 봄 햇살이
내 마음을 두드리며 반갑게 인사하네

추운 날로 인해 겨울잠 자던 꽃들이
너도 나도 할 수 없이 저마다 꽃이 피네

곳곳마다 핀 꽃들을 보고 천천히 걸어보면서
또다시 핀 꽃들처럼 나의 꿈이
피어나는 거 같네

시간이 갈수록 아름답게 피는 꽃처럼

간절하게 꿈꾸던 나의 꿈들도 시간이 갈수록 아름답게
피었으면

삶은 마라톤

하루 종일 어떤 일을 해야 시간을 사는 우리
진짜 아무것도 하지 않고
사는 삶은 무슨 삶일까?

난 나의 삶을 표현한다면
마라톤고 하고 싶다

아직 중간도 오지 못한 삶이라고
금방 갈 거 같은 길인데
가다가 한 번 넘어지고

또 가면 힘들다고 뒤로
다시 가니까

전진을 해야지 하면 자꾸 후진만 하네
이러면 안 되는데 하면서 주저앉았지만

여기까지 오는 길을 포기하면 후회할 거 같아서

또 넘어져도 다시 일어나서 나의
도착점에 천천히 가는

내 자신이 되기를 바라며
오늘도 꿈길을 걷는다

그대 발은 아름다워

새벽 일찍 일어나 하루 종일 뛰는 발
1년 365일 하루도 빠짐없이

오로지 자기 자신보다 가족 위해 뛰는 발 몸이
아파도 아침만 되면 뛰는 발

저녁이 되면 그대의 발을 보면 마음이 아픈 나

그래서 매일 저녁마다 그대의 발을 씻겨 주고 싶네요

힘이 들어도 하루 종일 바쁘게 뛰는
그대의 발은 아름다우네요

벗이 있기에

강물의 삶에 벗이 있네 황홀하게
강물 위를 비추는 별

그런 별을 따라가며 선선하게 달리기 하는 시간
어두운 밤 반짝이는 별빛을 보고 숨 쉬는 강물

오늘 밤에도 아름다운 별을
바라보며 연주하는 강물이네

외로움

비가 많이 내리다가 그친 이 거리
몇 분 전까지 빗소리가 너무

내 마음을 슬픈 노래 같이 들리네

조용한 어둠이 있는 이 거리에
우산도 쓰지 않은 채
나 홀로

쓸쓸하게 서 있네

꼭 잠시라도 누군가가 올 것 같아
멍하게 하늘만 바라보며
한없이 기다리네

여보게

비가 내리는 오후 사랑스러운
고양이 연인 나란히 앉아
창가를 보네

"여보게 응? 왜?" 오늘따라 비바람이
왜 이리 무섭게 불어 오는 걸까?

"누가 하늘을 화나게 해서 그게 한숨을
쉬는 거야"

방긋

서로 다른 드레스 입고 누가 더
이쁜지 꽃들의
미스코리아 선발대회를

열리는 길을 매일매일

그대의 거친 손을 잡고
산책하고 싶은 길

박힌 가시

맨몸으로 세상에 태어난 순간 나도 모르게
바늘보다 더 아픈 가시들이 내 작은
온몸에 박혀 버렸네

움직일 때마다 피로 샤워를 한 듯 아파서
크게 소리를 지를 수 있도록

더욱 깊게 박혀버려서 평생을 눈물로 참을 수밖에
없게 되어서 멍이든 채로 숨 쉬는 나의 삶

외딴 섬에 핀 무궁화

화려하게 춤추는 바닷가 바위틈에 유독
분홍색 티를 입고 웃으며

서로의 손을 잡고 있는 무궁화 세 자매
아무리 강한 바람이 불어도
쓰러질 수 없다는 건

지켜야 될 꿈이 있고 잡아줘야 할 온기가 있기에
결코 나 홀로 쓰러질 수 없구나

별 좀 꺼 줄래요?

은은한 이불에 누워서 아무리
잠을 청해 보아도

창밖으로 화려하게 비추는

별의 미소란 빛에 눈이 부셔서
밤마다 그대의
꿈을 꿀 수 없으니까

오늘 밤은 저 환한 별을
잠시만 꺼 줄래요?